Perverse Søstre

# Perverse Søstre

Aldivan Torres

# CONTENTS

1. Perverse Søstre — 1

# Perverse Søstre

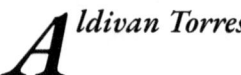*ldivan Torres*

*Perverse Søstre*

Indsendt af: ***Aldivan Torres***
***kontakt e-mail: aldivanvid@hotmail.com***
2020- Aldivan Torres
Alle rettigheder forbeholdes

Denne bog, inklusive alle dens dele, er ophavsretligt beskyttet og kan ikke gengives uden tilladelse fra forfatteren, videresælges eller overføres.

*Aldivan Torres*, Seeren, er en litterær kunstner. Lover med sine skrifter at glæde offentligheden og føre ham til glædens glæder. Sex er noget af det bedste, der findes.

## Dedikation og tak

*Jeg dedikerer denne erotiske serie til alle sexelskere og perverse som mig. Jeg håber at opfylde forventningerne hos alle sindssyge sind. Jeg starter dette arbejde her med overbevisningen om, at Amelinha, Belinha og deres venner vil skabe historie. Uden videre, et varmt knus til mine læsere.*

Dygtig læsning og masser af sjov.

Med kærlighed, forfatteren.

## Præsentation

Amelinha og Belinha er to søstre født og opvokset i det indre af Pernambuco. Døtre af landbrugsfædre vidste tidligt, hvordan de skulle møde de voldsomme vanskeligheder i livet på landet med et smil på deres ansigt. Med dette nåede de deres personlige erobringer. Den første er revisor for offentlige finanser, og den anden, mindre intelligent, er kommunallærer i grunduddannelse i Arcoverde.

*Selvom de er lykkelige professionelt, har de to et alvorligt kronisk problem med forhold, fordi de aldrig fandt deres prins charmerende, hvilket er enhver kvindes drøm. Den ældste, Belinha, kom til at bo hos en mand i et stykke tid. Det blev imidlertid forrådt, hvad der genererede i sit lille hjerte uoprettelige traumer. Hun blev tvunget til at skilles og lovede sig selv aldrig at lide igen på grund af en mand. Amelinha, uheldig ting, hun kan ikke engang få os forlovet. Hvem vil gifte sig med Amelinha? Hun er en fræk brunhåret person, tynd, mellemhøj, honningfarvede øjne, medium røv, bryster som vandmelon, bryst defineret ud over et fængslende smil. Ingen ved, hvad hendes virkelige problem er, eller begge dele.*

*I forhold til deres interpersonelle forhold er de tæt på at dele hemmeligheder mellem dem. Da Belinha blev forrådt af en skurk, tog Amelinha sin søsters smerter og satte sig for at lege med mænd. De to blev en dynamisk duo kendt som " Perverse søstre". På trods af det elsker mænd at være deres legetøj. Dette skyldes, at der ikke er noget bedre end at elske Belinha og Amelinha selv et øjeblik. Skal vi lære deres historier at kende sammen?*

Perverse Søstre

***Perverse Søstre***

Dedikation og tak

Præsentation

Den sorte mand

Branden

Lægekonsultation

Privat lektion

Konkurrenceprøve

Lærerens tilbagevenden

Den maniske klovn

Tour i byen Pesqueira

## Den sorte mand

Amelinha og Belinha samt store fagfolk og elskere er smukke og rige kvinder integreret i sociale netværk. Ud over selve kønnet søger de også at få venner.

Engang kom en mand ind i den virtuelle chat. Hans kaldenavn var "Black Man". I dette øjeblik skælvede hun snart, fordi hun elskede sorte mænd. Legenden siger, at de har en ubestridt charme.

" Hej, smukke! "Du ringede til den velsignede sorte mand.

" Hej, okay? "Svarede den spændende Belinha.

" Alt godt. Hav en god aften!

" Godnat. Jeg elsker sorte mennesker!

" Dette har rørt mig dybt nu! Men er der en særlig grund til dette? Hvad hedder du?

" Nå, grunden er, at min søster og jeg kan lide mænd, hvis du ved, hvad jeg mener. Hvad navnet angår, selvom dette er et meget privat miljø, har jeg intet at skjule. Mit navn er Belinha. Glad for at møde dig.

" Fornøjelsen er helt min. Mit navn er Flavius, og jeg er en virkelig flot!

» Jeg følte fasthed i hans ord. Du mener, at min intuition har ret?

" Det kan jeg ikke svare på nu, fordi det ville afslutte hele mysteriet. Hvad hedder din søster?

" Hun hedder Amelinha.

" Amelinha! Smukt navn! Kan du beskrive dig selv fysisk?

" Jeg er blond, høj, stærk, langt hår, stor numse, mellemstore bryster, og jeg har en skulpturel krop. Og dig?

" Sort farve, en meter og firs centimeter høj, stærk, plettet, arme og ben tykke, pæne, syngende hår og definerede ansigter.

" Av! Av! Du tænder mig!

" Du skal ikke bekymre dig om det. Hvem kender mig, glemmer aldrig?

" Vil du gøre mig skør nu?

" Undskyld det, skat! Det er bare for at tilføje lidt charme til vores samtale.

" Hvor gammel er du?

" Femogtyve år og din?

" Jeg er otteogtredive år gammel og min søster fireogtredive. På trods af aldersforskellen er vi bemærkelsesværdigt tætte. I barndommen forenede vi os for at overvinde vanskeligheder. Da vi var teenagere, delte vi vores drømme. Og nu, i voksenalderen, deler vi vores præstationer og frustrationer. Jeg kan ikke leve uden hende.

" Fantastisk! Denne følelse af dig er utrolig smuk. Jeg får lyst til at møde jer begge. Er hun lige så fræk som dig?

" På en effektiv måde er hun den bedste til det, hun gør. Meget smart, smuk og høflig. Min fordel er, at jeg er klogere.

" Men jeg ser ikke noget problem i det her. Jeg kan godt lide begge dele.

" Kan du virkelig lide det? Du ved, Amelinha er en speciel kvinde. Ikke fordi hun er min søster, men fordi hun har et kæmpe hjerte. Jeg har lidt ondt af hende, fordi hun aldrig fik en brudgom. Jeg ved, at hendes drøm er at blive gift. Hun sluttede sig til mig i et oprør, fordi jeg blev forrådt af min kammerat. Siden da søger vi kun hurtige relationer.

" Jeg forstår det fuldt ud. Jeg er også pervers. Jeg har dog ingen særlig grund. Jeg vil bare nyde min ungdom. Du virker som gode mennesker.

" Mange tak. Er du virkelig fra Arcoverde?

" Ja, jeg er fra centrum. Og dig?

"Fra Hellig Christopher-kvarteret.

" Fantastisk. Bor du alene?

" Ja. I nærheden af busstationen.

" Kan du få besøg af en mand i dag?

" Det vil vi meget gerne. Men du skal klare begge dele. Okay?

" Bare rolig, kærlighed. Jeg kan klare op til tre.

" Åh ja! Sand!

" Jeg vil være lige der. Kan du forklare placeringen?

" Ja. Det vil være mig en fornøjelse.

" Jeg ved, hvor det er. Jeg kommer derop!

Den sorte mand forlod rummet og Belinha også. Hun udnyttede det og flyttede til køkkenet, hvor hun mødte sin søster. Amelinha vaskede de beskidte tallerkener til middag.

" Godnat til dig, Amelinha. Du vil ikke tro. Gæt hvem der kommer over.

" Jeg aner det ikke, søster. Hvem?

" Flavius. Jeg mødte ham i det virtuelle chatrum. Han vil være vores underholdning i dag.

" Hvordan ser han ud?

" Det er sort mand. Har du nogensinde stoppet op og tænkt, at det kunne være rart? Den stakkels mand ved ikke, hvad vi er i stand til!

" Det er virkelig søster! Lad os gøre det af med ham.

" Han vil falde sammen med mig! "Sagde Belinha.

" Nej! Det vil være med mig, "svarede Amelinha.

" En ting er sikkert: Med en af os vil han falde," konkluderede Belinha.

" Det er sandt! Hvad med at vi gør alt klar i soveværelset?

" God idé. Jeg hjælper dig!

De to umættelige dukker gik ind i lokalet og efterlod alt organiseret til mandens ankomst. Så snart de er færdige, hører de klokken ringe.

" Er det ham, søster? "Spurgte Amelinha.

" Lad os tjekke det ud sammen! (Belinha)

" Kom nu! Amelinha var enig.

Trin for trin passerede de to kvinder soveværelsesdøren, passerede spisestuen og ankom derefter til stuen. De gik hen til døren. Da de åbner den, møder de Flavius' charmerende og mandige smil.

" Godnat! All right? Jeg er Flavius.

" Godnat. Du er meget velkommen. Jeg er Belinha, der talte til dig på computeren, og denne søde pige ved siden af mig er min søster.

" Dejligt at møde dig, Flavius! "Sagde Amelinha.

" Dejligt at møde dig. Må jeg komme ind?

" Selvfølgelig! "De to kvinder svarede på samme tid.

Hingsten havde adgang til rummet ved at observere alle detaljer i indretningen. Hvad foregik der i det kogende sind? Han blev især rørt af hver af disse kvindelige prøver. Efter et øjeblik kiggede han dybt ind i øjnene på de to ludere og sagde:

" Er du klar til det, jeg er kommet for at gøre?

" Klar "Bekræftede de elskende!

Trioen stoppede hårdt og gik langt til husets større rum. Ved at lukke døren var de sikre på, at himlen ville gå ad helvede til i løbet af få sekunder. Alt var perfekt: Arrangementet af håndklæderne, sexlegetøjet, pornofilmen, der spillede i loftet, fjernsynet og den romantiske musik levende. Intet kunne tage fornøjelsen af en god aften.

Det første skridt er at sidde ved sengen. Den sorte mand begyndte at tage tøjet af de to kvinder. Deres lyst og tørst efter sex var så stor, at de forårsagede lidt angst hos de søde damer. Han tog sin skjorte af og viste brystkassen og maven godt trænet af den daglige træning i gymnastiksalen. Dine gennemsnitlige hår over hele denne region har trukket suk fra pigerne. Bagefter tog han bukserne af, så han kunne se sit boksundertøj og dermed vise sin volumen og maskulinitet. På dette tidspunkt tillod han dem at røre ved orgelet, hvilket gjorde det mere oprejst. Uden hemmeligheder smed han sit undertøj og viste alt, hvad Gud gav ham.

Han var toogtyve centimeter lang, fjorten centimeter i diameter nok til at gøre dem vanvittige. Uden at spilde tid faldt de på ham. De startede med forspillet. Mens den ene slugte hendes pik i munden, slikkede den anden pungposerne. I denne operation har det været tre minutter. Længe nok til at være helt klar til sex.

Så begyndte han at trænge ind i den ene og derefter ind i den anden uden præference. Rumfærgens hyppige tempo forårsagede stønnen, skrig og flere orgasmer efter handlingen. Det var tredive minutters vaginal sex. Hver halvdel af tiden. Derefter sluttede de med oral- og analsex.

## Branden

Det var en kold, mørk og regnfuld nat i hovedstaden i alle Pernambuco bagskove. Der var øjeblikke, hvor frontvindene nåede hundrede kilometer i timen og skræmte de fattige søstre Amelinha og Belinha. De to perverse søstre mødtes i stuen i deres enkle bolig i Hellig Christopher-kvarteret. Uden noget at gøre talte de lykkeligt om generelle ting.

" Amelinha, hvordan var din dag på gårdkontoret?

" Den samme gamle ting: Jeg organiserede skatte- og toldadministrationens skatteplanlægning, forvaltede betaling af skatter, arbejdede med forebyggelse og bekæmpelse af skatteunddragelse. Det er krævende arbejde og kedeligt. Men givende og godt betalt. Og dig? Hvordan var din rutine i skolen? "Spurgte Amelinha.

" I klassen bestod jeg indholdet, der guidede eleverne på den bedst mulige måde. Jeg rettede fejlene og tog to mobiltelefoner af studerende, der forstyrrede klassen. Jeg gav også klasser i adfærd, kropsholdning, dynamik og nyttige råd. Alligevel, udover at være lærer, er jeg deres mor. Beviset på dette er, at jeg i pausen infiltrerede klassen af studerende, og sammen med dem spillede. Efter min mening er skolen vores andet hjem, og vi skal passe på de venskaber og menneskelige forbindelser, vi har fra den," svarede Belinha.

" Strålende, min lillesøster. Vores værker er gode, fordi de giver vigtige følelsesmæssige og interaktionskonstruktioner mellem mennesker. Intet menneske kan leve isoleret, endsige uden psykologiske og økonomiske ressourcer," analyserede Amelinha.

" Jeg er enig. Arbejde er afgørende for os, da det gør os uafhængige af det fremherskende sexistiske imperium i vores samfund, "sagde Belinha.

" Præcis. Vi vil fortsætte i vores værdier og holdninger. Mennesket er kun godt i sengen," bemærkede Amelinha.

" Apropos mænd, hvad syntes du om Christian? "Spurgte Belinha.

" Han levede op til mine forventninger. Efter en sådan oplevelse beder mine instinkter og mit sind altid om mere og skaber intern utilfredshed. Hvad er din mening? "Spurgte Amelinha.

" Det var godt, men jeg føler mig også som dig: ufuldstændig. Jeg er tør for kærlighed og sex. Jeg vil i stigende grad. Hvad har vi til i dag? "Sagde Belinha.

" Jeg er løbet tør for ideer. Natten er kold, mørk og mørk. Hører du støjen udenfor? Der er meget regn, intens vind, lyn og torden. Jeg er bange! "Sagde Amelinha.

" Også mig! "Belinha tilstod.

I dette øjeblik høres en tordnende tordenbolt i hele Arcoverde. Amelinha hopper i skødet på Belinha, der skriger af smerte og fortvivlelse. Samtidig mangler elektricitet, hvilket gør dem begge desperate.

" Hvad nu? Hvad skal vi gøre Belinha? "Spurgte Amelinha.

" Gå af mig, tæve! Jeg får lysene! Belinha skubbede forsigtigt sin søster ned på siden af sofaen, mens hun befamlede væggene for at komme ud i køkkenet. Da huset er lille, tager det ikke lang tid at fuldføre denne operation. Ved hjælp af takt tager han lysene i skabet og tænder dem med tændstikkerne strategisk placeret oven på komfuret.

Med lysets belysning vender hun roligt tilbage til værelset, hvor han møder sin søster med et mystisk smil vidt åbent på hans ansigt. Hvad havde hun gang i?

" Du kan lufte ud, søster! Jeg ved, du tænker noget," sagde Belinha.

" Hvad hvis vi ringede til byens brandvæsen og advarede om en brand? Sagde Amelinha.

" Lad mig få det på det rene. Vil du opfinde en fiktiv ild for at lokke disse mænd? Hvad hvis vi bliver arresteret? "Belinha var bange.

" Min kollega! Jeg er sikker på, at de vil elske overraskelsen. Hvad bedre har de at gøre på en mørk og kedelig nat som denne? "Sagde Amelinha.

" Du har ret. De vil takke dig for det sjove. Vi vil bryde ilden, der forbruger os indefra. Nu kommer spørgsmålet: Hvem vil have modet til at kalde dem? "Spurgte Belinha.

" Jeg er meget genert. Jeg overlader denne opgave til dig, min søster," sagde Amelinha.

" Altid mig. Okay. Uanset hvad der sker Amelinha. " Belinha konkluderede.

Belinha rejser sig fra sofaen og går til bordet i hjørnet, hvor mobilen er installeret. Hun ringer til brandvæsenets alarmnummer og venter på at få svar. Efter et par berøringer hører han en dyb, fast stemme, der taler fra den anden side.

" Godnat. Dette er brandvæsenet. Hvad vil du?

" Mit navn er Belinha. Jeg bor i Hellig Christopherkvarteret her i Arcoverde. Min søster og jeg er desperate over al denne regn. Da elektricitet gik ud her i vores hus, forårsagede en kortslutning og begyndte at sætte genstandene i brand.

Heldigvis gik min søster og jeg ud. Branden fortærer langsomt huset. Vi har brug for hjælp fra brandmændene," sagde den bedrøvede pige.

" Tag det roligt, min ven. Vi vil være der snart. Kan du give detaljerede oplysninger om din placering? "Spurgte brandmanden på vagt.

" Mit hus er nøjagtigt på Central Avenue, tredje hus til højre. Er det okay med dig?

" Jeg ved, hvor det er. Vi vil være der om et par minutter. Vær rolig,« sagde brandmanden.

" Vi venter. Tak! "Tak Belinha.

Da de vendte tilbage til sofaen med et bredt grin, slap de to deres puder og fnyste af det sjove, de lavede. Dette anbefales dog ikke at gøre, medmindre de var to ludere som dem.

Omkring ti minutter senere hørte de en banken på døren og gik hen for at besvare den. Da de åbnede døren, stod de over for tre magiske ansigter, hver med sin karakteristiske skønhed. Den ene var sort, seks meter høj, ben og arme mellemstore. En anden var mørk, en meter og halvfems høj, muskuløs og skulpturel. En tredjedel var hvid, kort, tynd, men meget glad. Den hvide dreng vil præsentere sig selv:

" Hej, damer, godnat! Mit navn er Roberto. Denne mand ved siden af hedder Matthew og den brune mand, Philip. Hvad hedder du, og hvor er ilden?

" Jeg hedder Belinha, jeg talte til dig i telefonen. Denne brunhårede person her er min søster Amelinha. Kom ind, så forklarer jeg det for dig.

" Okay. De tog imod de tre brandmænd på samme tid.

Kvintetten kom ind i huset, og alt virkede normalt, fordi elektriciteten var vendt tilbage. De sætter sig i sofaen i stuen sammen med pigerne. Mistænksom, de gør samtale.

" Branden er forbi, er det? "Spurgte Matthew.

" Ja. Vi kontrollerer det allerede takket være en heroisk indsats," forklarede Amelinha.

" Medlidenhed! Jeg har haft lyst til at arbejde. Der på kasernen er rutinen så ensformig, "sagde Felipe.

" Jeg har en idé. Hvad med at arbejde på en mere behagelig måde? "Belinha foreslog.

" Du mener, at du er, hvad jeg tror? "Afhørte Felipe.

" Ja. Vi er enlige kvinder, der elsker fornøjelse. I humør til sjov? "Spurgte Belinha.

" Kun hvis du går nu," svarede sort mand.

" Jeg er også med," bekræftede den brune mand.

" Vent på mig" Den hvide dreng er tilgængelig.

" Så lad os," sagde pigerne.

Kvintetten kom ind i stuen og delte en dobbeltseng. Så begyndte sexorgiet. Belinha og Amelinha skiftedes til at deltage i de tre brandmænds fornøjelse. Alt virkede magisk, og der var ingen bedre følelse end at være sammen med dem. Med forskellige gaver oplevede de seksuelle og positionelle variationer, der skabte et perfekt billede.

Pigerne virkede umættelige i deres seksuelle iver, hvad der drev disse fagfolk til vanvid. De gik gennem natten og havde sex, og fornøjelsen syntes aldrig at ende. De forlod ikke, før de fik et presserende opkald fra arbejde. De sagde op og gik hen for at besvare politirapporten. Alligevel ville de aldrig glemme den vidunderlige oplevelse sammen med de "perverse søstre".

## Lægekonsultation

Det gik op for den smukke baglandet hovedstad. Normalt vågnede de to perverse søstre tidligt. Men da de stod op, havde de det ikke godt. Mens Amelinha blev ved med at nyse, følte hendes søster Belinha sig lidt kvalt. Disse fakta kom fra den foregående nat på krig virginia pladsen, hvor de drak, kyssede på munden og fnyste harmonisk i den fredfyldte nat.

Da de ikke havde det godt og ikke havde kræfter til noget, sad de i sofaen og tænkte religiøst over, hvad de skulle gøre, fordi professionelle forpligtelser ventede på at blive løst.

» Hvad gør vi, søster? Jeg er helt forpustet og udmattet," sagde Belinha.

" Fortæl mig om det! Jeg har hovedpine, og jeg begynder at få en virus. Vi er fortabte! "Sagde Amelinha.

" Men jeg tror ikke, det er en grund til at gå glip af arbejde! Folk er afhængige af os! "Sagde Belinha

" Slap af, lad os ikke gå i panik! Hvad med at vi slutter os til pæn? "Foreslog Amelinha.

" Fortæl mig ikke, at du tænker, hvad jeg tænker.... "Belinha var forbløffet.

" Det er rigtigt. Lad os gå til lægen sammen! Det vil være en god grund til at gå glip af arbejde, og hvem ved ikke sker, hvad vi vil! "Sagde Amelinha

" God idé! Så hvad venter vi på? Lad os gøre os klar! "Spurgte Belinha.

" Kom nu! "Amelinha var enig.

De to gik til deres respektive kabinetter. De var så begejstrede for beslutningen; De så ikke engang syge ud. Var det hele bare deres opfindelse? Tilgiv mig, læser, lad os ikke tænke dårligt om vores kære venner. I stedet vil vi ledsage dem i dette spændende nye kapitel i deres liv.

I soveværelset badede de i deres suiter, tog nyt tøj og sko på, kæmmede deres lange hår, tog en fransk parfume på og gik derefter i køkkenet. Der smadrede de æg og ost, fyldte to brød og spiste med en kølet juice. Alt var utroligt lækkert. Alligevel syntes de ikke at føle det, fordi angsten og nervøsiteten foran lægens aftale var gigantisk.

Med alt klar forlod de køkkenet for at forlade huset. For hvert skridt de tog, bankede deres små hjerter af følelser og tænkte i en helt ny oplevelse. Velsignet være de alle! Optimismen greb dem og var noget, der skulle følges af andre!

På ydersiden af huset går de til garagen. Når de åbner døren i to forsøg, står de foran den beskedne røde bil. På trods af deres gode smag i biler foretrak de populære frem for klassikerne af frygt for den almindelige vold, der findes i alle brasilianske regioner.

Uden forsinkelse går pigerne ind i bilen og giver forsigtigt udgangen, og derefter lukker en af dem garagen og vender tilbage til bilen umiddelbart efter. Hvem kører er Amelinha med erfaring allerede ti år? Belinha må endnu ikke køre.

Den mærkbart korte rute mellem deres hjem og hospitalet sker med sikkerhed, harmoni og ro. I det øjeblik havde de den falske følelse af, at de kunne gøre alt. Modsat var de bange for hans listighed og frihed. De blev selv overrasket over de trufne foranstaltninger. Det var ikke for noget mindre, at de blev kaldt snusket gode bastarder!

Da de ankom til hospitalet, planlagde de aftalen og ventede på at blive kaldt. I dette tidsinterval udnyttede de at lave en snack og udvekslede beskeder via mobilapplikationen med deres kære seksuelle tjenere. Mere kynisk og munter end disse var det umuligt at være!

Efter et stykke tid er det deres tur til at blive set. Uadskillelige går de ind på plejekontoret. Når dette sker, har lægen næsten et hjerteanfald. Foran dem var et sjældent stykke af en mand: En høj blond håret person, en meter og halvfems centimeter høj, skæg, hår danner en hestehale, muskuløse arme og bryster, naturlige ansigter med et engle agtigt udseende. Allerede inden de når at komme med et udkast til en reaktion, opfordrer han:

" Sæt dig ned, begge to!

" Tak skal du have! "De sagde begge dele.

De to har tid til at lave en hurtig analyse af miljøet: Foran servicebordet, lægen, stolen, hvor han sad, og bag et skab. På højre side, en seng. På væggen ekspressionistiske malerier af forfatteren Cândido Portinari, der skildrer manden fra landet. Atmosfæren er meget hyggelig og efterlader pigerne rolige. Atmosfæren af afslapning brydes af det formelle aspekt af konsultationen.

" Fortæl mig, hvad I føler, piger!

Det lød uformelt for pigerne. Hvor sød var den blonde mand! Det må have været lækkert at spise.

" Hovedpine, uopsættelighed og virus! "Fortalte Amelinha.

" Jeg er forpustet og træt! "Hævdede Belinha.

" Det er ok! Lad mig se! Læg dig ned på sengen! "Spurgte lægen.

Luderne trak næppe vejret på denne anmodning. Den professionelle fik dem til at tage en del af deres tøj af og følte dem i forskellige dele, hvilket forårsagede kuldegysninger og koldsved. Da han indså, at der ikke var noget alvorligt med dem, spøgte ledsageren:

" Det hele ser perfekt ud! Hvad vil du have dem til at være bange for? En indsprøjtning i røven?

" Jeg elsker det! Hvis det er en stor og tyk injektion endnu bedre! "Sagde Belinha.

" Vil du anvende langsomt, kærlighed? "Sagde Amelinha.

" Du spørger allerede for meget! "Bemærkede klinikeren.

Forsigtigt lukker han døren og falder på pigerne som et vildt dyr. Først tager han resten af tøjet af ligene. Dette skærper hans libido endnu mere. Ved at være helt nøgen beundrer han et øjeblik disse skulpturelle væsner. Så er det hans tur til at vise sig. Han sørger for, at de tager tøjet af. Dette øger samspillet og intimiteten mellem gruppen.

Med alt klar begynder de indledende sex. Ved at bruge tungen i følsomme dele som anus, røv og øre forårsager blondinen mini fornøjelsesorgasmer hos begge kvinder. Alt gik fint, selv når nogen blev ved med at banke på døren. Ingen vej ud, skal han svare. Han går lidt og åbner døren. Dermed støder han på sygeplejersken: en slank to løb person med tynde ben og usædvanligt lav.

" Læge, jeg har et spørgsmål om en patients medicin: er det fem eller tre hundrede milligram aspirin? "Spurgte Roberto og viste en opskrift.

" Fem hundrede! "Bekræftede Alex.

I dette øjeblik så sygeplejersken fødderne på de nøgne piger, der forsøgte at gemme sig. Grinede indeni.

" Spøg lidt rundt, hav', Doc? Ring ikke engang til dine venner!

" Undskyld mig! Vil du være med i banden?

" Det vil jeg meget gerne!

" Kom så!

De to kom ind i lokalet og lukkede døren bag sig. Mere end hurtigt tog den to løbe person sit tøj af. Nøgen viste han sin lange, tykke, blodige mast som et trofæ. Belinha var glad og gav ham snart oralsex. Alex krævede også, at Amelinha gjorde det samme med ham. Efter oral startede de anal. I denne del fandt Belinha det yderst vanskeligt at holde fast i sygeplejerskens monsterpik. Men da den først kom ind i hullet, var deres fornøjelse enorm. På den anden side følte de ingen problemer, fordi deres penis var normal.

Derefter havde de vaginal sex i forskellige stillinger. Bevægelsen af frem og tilbage i hulrummet forårsagede hallucinationer i dem. Efter denne fase forenede de fire sig i et gruppekøn. Det var den bedste oplevelse, hvor de resterende energier blev brugt. Femten minutter senere var de begge udsolgt. For søstrene ville sex aldrig ende, men godt som de blev respekteret disse mænds skrøbelighed. Da de ikke ønskede at forstyrre deres arbejde, holdt de op med at tage certifikatet for begrundelse for arbejdet og deres personlige telefon. De forlod helt sammensatte uden at vække nogens opmærksomhed under hospitalsoverfarten.

Da de ankom til parkeringspladsen, gik de ind i bilen og startede vejen tilbage. Lykkelige som de er, tænkte de allerede på deres næste seksuelle ondskab. De perverse søstre var virkelig noget!

## Privat lektion

Det var en eftermiddag som enhver anden. Nyankomne fra arbejde havde de perverse søstre travlt med husarbejde. Efter at have afsluttet alle opgaverne, samledes de i rummet for at hvile lidt. Mens Amelinha læste en bog, brugte Belinha det mobile internet til at gennemse sine yndlingswebsteder.

På et tidspunkt skriger den anden højt i rummet, hvilket skræmmer hendes søster.

"Hvad er det, pige? Er du skør? "Spurgte Amelinha.

"Jeg har lige fået adgang til hjemmesiden for konkurrencer med en taknemmelig overraskelse "informerede Belinha.

"Fortæl mig mere!

"Registreringer af den føderale regionale domstol er åbne. Lad os gøre det?

"Godt opkald, min søster! Hvad er lønnen?

"Mere end ti tusind indledende dollars.

"Meget godt! Mit job er bedre. Jeg vil dog deltage i konkurrencen, fordi jeg forbereder mig på at lede efter andre begivenheder. Det vil tjene som et eksperiment.

"Du gør det meget godt! Du opmuntrer mig. Nu ved jeg ikke, hvor jeg skal begynde. Kan du give mig tips?

"Køb et virtuelt kursus, stil en masse spørgsmål på tekststederne, lav og lav tidligere tests om, skriv resuméer, se tips og download blandt andet gode materialer på internettet.

"Tak skal du have! Jeg vil tage alle disse råd! Men jeg har brug for noget mere. Se, søster, da vi har penge, hvad med at vi betaler for en privat lektion?

"Det havde jeg ikke tænkt på. Det er en nyskabende idé! Har du nogle forslag til en kompetent person?

"Jeg har en meget kompetent underviser her fra Arcoverde i mine telefonkontakter. Se på hans billede!

Belinha gav sin søster sin mobiltelefon. Da hun så drengens billede, var hun ekstatisk. Udover smuk var han smart! Det ville være et perfekt offer for, at parret sluttede sig til det nyttige til det behagelige.

"Hvad venter vi på? Få ham, søster! Vi skal snart studere. "Sagde Amelinha.

"Du fik det! "Belinha accepterede.

Da hun rejste sig fra sofaen, begyndte hun at ringe til telefonens numre på det numeriske tastatur. Når opkaldet er foretaget, tager det kun et øjeblik at blive besvaret.

"Hej alle sammen. I alle, ikke?

"Det er alt sammen fantastisk, Renato.

"Send ordrerne ud.

"Jeg surfede på internettet, da jeg opdagede, at ansøgninger til den føderale regionale domstolskonkurrence er åbne. Jeg navngav straks mit sind som en respektabel lærer. Kan du huske skolesæsonen?

"Jeg husker tydeligt den tid. Gode tider dem, der ikke kommer tilbage!

"Det er rigtigt! Har du tid til at give os en privatundervisning?

"Hvilken samtale, unge dame! For dig har jeg altid tid! Hvilken dato fastsætter vi?

"Kan vi gøre det i morgen kl. 2.00? Vi er nødt til at komme i gang!

"Selvfølgelig gør jeg det! Med min hjælp siger jeg ydmygt, at chancerne for at passere øges utroligt.

"Jeg er sikker på det!
"Hvor godt! Du kan forvente mig kl. 2.00.
"Mange tak! Vi ses i morgen!
"Vi ses senere!

Belinha lagde røret på og tegnede et smil til sin kammerat. Amelinha mistænkte svaret og spurgte:

"Hvordan gik det?
"Han accepterede. I morgen kl. 2.00 vil han være her.
"Hvor godt! Nerver dræber mig!
"Bare tag det roligt, søster! Det bliver okay.
"Amen!
"Skal vi lave aftensmad? Jeg er allerede sulten!
"Godt husket.!

Parret gik fra stuen til køkkenet, hvor de i et behageligt miljø snakkede, legede, lavede mad blandt andre aktiviteter. De var eksemplariske figurer af søstre forenet af smerte og ensomhed. Det faktum, at de var bastarder i sex, kvalificerede dem kun endnu mere. Som I alle ved, har den brasilianske kvinde varmt blod.

Kort efter fraterniserede de rundt om bordet og tænkte på livet og dets omskiftelser.

"Når jeg spiser denne lækre kyllingestroganoff, husker jeg den sorte mand og brandmændene! Øjeblikke, der aldrig synes at passere! "Belinha sagde!

"Fortæl mig om det! Disse fyre er lækre! For ikke at nævne sygeplejersken og lægen! Jeg elskede det også! "Huskede Amelinha!

"Sandt nok, min søster! At have en smuk mast bliver enhver mand behagelig! Må feministerne tilgive mig!

"Vi behøver ikke at være så radikale ...!

De to griner og fortsætter med at spise maden på bordet. Et øjeblik betød intet andet noget. De var alene i verden, og det kvalificerede dem som gudinder for skønhed og kærlighed. Fordi det vigtigste er at føle sig godt tilpas og have selvværd.

Tillid til sig selv fortsætter de i familieritualet. I slutningen af denne fase surfer de på internettet, lytter til musik på stuestereoanlægget, ser sæbeoperaer og senere en pornofilm. Dette rush efterlader dem åndeløse og trætte og tvinger dem til at hvile i deres respektive værelser. De ventede spændt på den næste dag.

Det varer ikke længe, før de falder i en dyb søvn. Bortset fra mareridt finder nat og daggry sted inden for det normale område. Så snart daggry kommer, står de op og begynder at følge den normale rutine: Bad, morgenmad, arbejde, vende hjem, bad, frokost, lur og flytte til det rum, hvor de venter på det planlagte besøg.

Da de hører banken på døren, rejser Belinha sig og går hen for at svare. Dermed støder han på den smilende lærer. Dette gav ham god intern tilfredshed.

"Velkommen tilbage, min ven! Klar til at undervise os?

"Ja, meget, meget klar! Tak igen for denne mulighed! "Sagde Renato.

"Lad os gå ind! " Sagde Belinha.

Drengen tænkte ikke to gange og accepterede pigens anmodning. Han hilste på Amelinha og satte sig på hendes signal i sofaen. Hans første holdning var at tage den sorte strikbluse af, fordi den var for varm. Med dette efterlod han sin velarbejdede brystplade i gymnastiksalen, sveden dryppede og hans mørkhudede lys. Alle disse detaljer var et naturligt afrodisiakum for de to "perverse".

Under foregivelse af at der ikke skete noget, blev der indledt en samtale mellem de tre.

"Forberedte du en god klasse, professor? "Spurgte Amelinha.

"Ja! Lad os starte med hvilken artikel? "Spurgte Renato.

"Det ved jeg ikke... "sagde Amelinha.

"Hvad med at vi har det sjovt først? Efter at du tog din skjorte af, blev jeg våd! "Tilstod Belinha.

"Jeg også," sagde Amelinha.

"I to er virkelig sexgalninge! Er det ikke det, jeg elsker? "Sagde mesteren.

Uden at vente på svar tog han sine blå jeans af, der viste musklerne i låret, hans solbriller viste hans blå øjne og endelig hans undertøj, der viste en perfektion af lang penis, mellemtyk og med trekantet hoved. Det var nok for de små ludere at falde ovenpå og begynde at nyde den mandige, joviale krop. Med hans hjælp tog de deres tøj af og begyndte de indledende sex.

Kort sagt var dette et vidunderligt seksuelt møde, hvor de oplevede mange nye ting. Det var fyrre minutters vild sex i fuldstændig harmoni. I disse øjeblikke var følelserne så store, at de ikke engang bemærkede tid og rum. Derfor var de uendelige gennem Guds kærlighed.

Da de nåede ekstase, hvilede de lidt på sofaen. De studerede derefter de discipliner, der blev opkrævet af konkurrencen. Som studerende var de to hjælpsomme, intelligente og disciplinerede, hvilket blev bemærket af læreren. Jeg er sikker på, at de var på vej til godkendelse.

Tre timer senere sagde de op med at love nye studiemøder. Lykkelige i livet gik de perverse søstre for at tage sig af deres andre pligter, der allerede tænkte på deres næste eventyr. De var kendt i byen som " Den umættelige ".

## Konkurrenceprøve

Det har været et stykke tid. I omkring to måneder dedikerede de perverse søstre sig til konkurrencen i henhold til den tilgængelige tid. For hver dag, der gik, var de mere forberedt på, hvad der kom og gik. Samtidig var der seksuelle møder, og i disse øjeblikke blev de befriet.

Testdagen var endelig kommet. Forlader tidligt fra hovedstaden i baglandet, begyndte de to søstre at gå BR 232 motorvejen af en samlet rute på 250 km. Undervejs gik de forbi hovedpunkterne i det indre af staten: Pesqueira, Smuk have, Hellig Caetano, Caruaru, Gravatá, Kalve og helgens sejr Antao. Hver af disse byer havde en historie at fortælle, og fra deres erfaring absorberede de den fuldstændigt. Hvor var det godt at se bjergene, Atlanterhavsskoven, brasiliansk savanne, gårdene, gårdene, landsbyerne, de små byer og nippe til den rene luft fra skovene. Pernambuco var en vidunderlig stat!

Når de kommer ind i hovedstadens byområde, fejrer de den gode realisering af rejsen. Tag hovedgaden til kvarterets gode tur, hvor de ville udføre testen. På vejen står de over for overbelastet trafik, ligegyldighed fra fremmede, forurenet luft og manglende vejledning. Men de klarede det endelig. De går ind i den respektive bygning, identificerer sig og begynder testen, der ville vare to perioder. I den første del af testen er de helt fokuseret på udfordringen med multiple valg-spørgsmål. Nå, uddybet af den bank, der var ansvarlig for begivenheden, foranledigede de mest forskelligartede uddybninger af de to. Efter deres mening klarede de sig godt. Da de tog pausen, gik de ud for at spise frokost og en juice på en restaurant foran bygningen. Disse øjeblikke var vigtige for dem for at bevare deres tillid, forhold og venskab.

Derefter gik de tilbage til teststedet. Derefter begyndte den anden periode af arrangementet med spørgsmål, der beskæftiger sig med andre discipliner. Selv uden at holde det samme tempo var de stadig meget indsigtsfulde i deres svar. De viste på denne måde, at den bedste måde at bestå konkurrencer på er ved at afsætte meget til studier. Et stykke tid senere sluttede de deres selvsikre deltagelse. De afleverede beviserne, vendte tilbage til bilen og bevægede sig mod stranden i nærheden.

På vejen spillede de, tændte for lyden, kommenterede løbet og avancerede i gaderne i Recife og så på de oplyste gader i hovedstaden, fordi det var nat. De undrer sig over det skuespil, der ses. Ikke underligt, at byen er kendt som "tropernes hovedstad". Solnedgangen giver miljøet et endnu mere storslået udseende. Hvor dejligt at være der i det øjeblik!

Da de nåede det nye punkt, nærmede de sig havets bredder og lancerede derefter i dets kolde og rolige farvande. Den følelse, der fremkaldes, er ekstatisk af glæde, tilfredshed, tilfredshed og fred. Når de mister overblikket over tiden, svømmer de, indtil de er trætte. Derefter ligger de på stranden i stjernelys uden frygt eller bekymring. Magi tog fat i dem glimrende. Et ord, der skulle bruges i dette tilfælde, var "Umådelig".

På et tidspunkt, med stranden næsten øde, nærmer der sig to mænd af pigerne. De forsøger at stå op og løbe i fare. Men de bliver stoppet af drengenes stærke arme.

" Tag det roligt, piger! Vi vil ikke skade dig! Vi beder kun om lidt opmærksomhed og kærlighed! "En af dem talte.

Over for den bløde tone lo pigerne af følelser. Hvis de ville have sex, hvorfor så ikke tilfredsstille dem? De var eksperter i denne kunst. Som svar på deres forventninger rejste de sig og hjalp dem med at tage deres tøj af. De leverede to kondomer og lavede en striptease. Det var nok til at drive de to mænd til vanvid.

Da de faldt til jorden, elskede de hinanden parvis, og deres bevægelser fik gulvet til at ryste. De tillod sig alle de seksuelle variationer og ønsker af begge. På dette leveringstidspunkt var de ligeglade med noget eller nogen. For dem var de alene i universet i et stort kærlighedsritual uden fordomme. I sex var de fuldt sammenflettet og producerede en kraft, der aldrig var set. Ligesom instrumenter var de en del af en større kraft i livets fortsættelse.

Bare udmattelse tvinger dem til at stoppe. Fuldt tilfredse holder mændene op og går væk. Pigerne beslutter at gå tilbage til bilen. De begynder deres rejse tilbage til deres bopæl. Nå, de tog deres erfaringer med sig og forventede gode nyheder om den konkurrence, de deltog i. De fortjente bestemt held og lykke i verden.

Tre timer senere kom de hjem i fred. De takker Gud for de velsignelser, der gives ved at sove. Forleden ventede jeg på flere følelser for de to galninge.

## Lærerens tilbagevenden

Daggry. Solen står tidligt op med sine stråler, der passerer gennem vinduets revner og kærtegner ansigterne på vores kære babyer. Derudover var den fine morgenbrise med til at skabe stemning i dem. Hvor var det dejligt at få mulighed for endnu en dag med fars velsignelse. Langsomt rejser de to sig fra deres respektive senge på samme tid. Efter badning finder deres møde sted i baldakinen, hvor de forbereder morgenmad sammen. Det er et øjeblik med glæde, forventning og distraktion, der deler oplevelser på utroligt fantastiske tidspunkter.

Når morgenmaden er klar, samles de rundt om bordet komfortabelt siddende på træstole med ryglæn til søjlen. Mens de spiser, udveksler de intime oplevelser.

Belinha

Min søster, hvad var det?

Amelinha

Ren følelse! Jeg husker stadig hver eneste detalje af ligene af disse kære kretinere!

Belinha

Også mig! Jeg følte en enorm fornøjelse. Det var næsten ekstrasensorisk.

Amelinha

Jeg ved! Lad os gøre disse skøre ting oftere!

Belinha

Jeg er enig!
Amelinha
Kunne du lide testen?
Belinha
Jeg elskede det. Jeg dør for at kontrollere min præstation!
Amelinha
Også mig!

Så snart de var færdige med at fodre, hentede pigerne deres mobiltelefoner ved at få adgang til det mobile internet. De navigerede til organisationens side for at kontrollere feedback fra beviset. De skrev det ned på papir og gik ind i lokalet for at tjekke svarene.

Indenfor sprang de af glæde, da de så den gode tone. De var bestået! Den følelse, man følte, kunne ikke holdes tilbage lige nu. Efter at have fejret meget, har han den bedste idé: Inviter mester Renato, så de kan fejre missionens succes. Belinha er igen ansvarlig for missionen. Hun tager sin telefon og ringer.

Belinha
Hej?
Renato
Hej, er du okay? Hvordan har du det, søde Belle?
Belinha
Meget godt! Gæt hvad der lige skete.
Renato
Fortæl mig ikke dig....
Belinha
Ja! Vi bestod konkurrencen!
Renato
Tillykke! Fortalte jeg dig det ikke?

Belinha
Jeg vil gerne takke Dem mange gange for Deres samarbejde på alle måder. Du forstår mig, ikke?
Renato
Jeg forstår det godt. Vi er nødt til at sætte noget op. Helst hjemme hos dig.
Belinha
Det var netop derfor, jeg ringede. Kan vi gøre det i dag?
Renato
Ja! Jeg kan gøre det i aften.
Belinha
Undre sig. Vi forventer dig så klokken otte om natten.
Renato
Okay. Må jeg tage min bror med?
Belinha
Selvfølgelig!
Renato
Vi ses!
Belinha
Vi ses!

Forbindelsen afsluttes. Når Belinha ser på sin søster, slår hun en latter af lykke ud. Nysgerrig spørger den anden:

Amelinha
Hvad så? Kommer han?
Belinha
Det er okay! Klokken otte i aften bliver vi genforenet. Han og hans bror kommer! Har du tænkt på orgie?
Amelinha
Fortæl mig om det! Jeg banker allerede af følelser!

Belinha

Lad der være hjerte! Jeg håber det virker!

Amelinha

"Det hele er udarbejdet!

De to griner samtidig og fylder miljøet med positive vibrationer. I det øjeblik var jeg ikke i tvivl om, at skæbnen konspirerede om en sjov aften for den gale duo. De havde allerede opnået så mange faser sammen, at de ikke ville svækkes nu. De bør derfor fortsætte med at idolisere mænd som en seksuel leg og derefter kassere dem. Det var det mindste, race kunne gøre for at betale for deres lidelser. Faktisk fortjener ingen kvinde at lide. Eller rettere, hver kvinde fortjener ingen smerte.

Tid til at komme på arbejde. Da de forlader rummet, der allerede er klar, går de to søstre til garagen, hvor de forlader i deres private bil. Amelinha tager Belinha først i skole og går derefter til gårdkontoret. Der emmer hun af glæde og fortæller de professionelle nyheder. Til godkendelse af konkurrencen modtager han lykønskninger fra alle. Det samme sker for Belinha.

Senere vender de hjem og mødes igen. Så begynder forberedelsen til at modtage dine kolleger. Dagen lovede at blive endnu mere speciel.

Præcis på det planlagte tidspunkt hører de banke på døren. Belinha, den klogeste af dem, rejser sig og svarer. Med faste og sikre skridt sætter han sig ind ad døren og åbner den langsomt. Efter afslutningen af denne operation visualiserer han brødreparret. Med et signal fra værten går de ind og sætter sig i sofaen i stuen.

Renato

Dette er min bror. Hans navn er Ricardo.

Belinha

Dejligt at møde dig, Ricardo.

Amelinha

Du er velkommen her!

Ricardo

Jeg takker Dem begge. Fornøjelsen er helt min!

Renato

Jeg er klar! Kan vi bare gå til værelset?

Belinha

Kom nu!

Amelinha

Hvem får hvem nu?

Renato

Jeg vælger Belinha selv.

Belinha

Tak, Renato, tak! Vi er sammen!

Ricardo

Jeg vil være glad for at blive hos Amelinha!

Amelinha

Du kommer til at ryste!

Ricardo

Vi får se!

Belinha

Så lad festen begynde!

Mændene placerede forsigtigt kvinderne på armen og bar dem op til sengene i soveværelset hos en af dem. Når de ankommer til stedet, tager de tøjet af og falder i de smukke møbler, der starter kærlighedsritualet i flere positioner, udveksler kærtegn og medvirken. Spændingen og fornøjelsen var så stor, at de producerede stønnen kunne høres på tværs af gaden, der forargede naboerne. Jeg mener, ikke så meget, fordi de allerede vidste om deres berømmelse.

Med konklusionen fra toppen vender de elskende tilbage til køkkenet, hvor de drikker juice med cookies. Mens de spiser, chatter de i to timer, hvilket øger gruppens interaktion. Hvor var det godt at være der og lære om livet og være lykkelig. Tilfredshed er at have det godt med dig selv og med verden, bekræfte sine oplevelser og værdier før andre, bære visheden om ikke at kunne dømmes af andre. Derfor var det maksimale, de troede, "Hver enkelt er sin egen person".

Ved mørkets frembrud siger de endelig farvel. De besøgende forlader "Kære Pyrenæer" endnu mere euforiske, når de tænker på nye situationer. Verden blev bare ved med at vende sig mod de to fortrolige. Må de være heldige!

## Den maniske klovn

Søndag kom og med ham en masse nyheder i byen. Blandt dem ankomsten af et cirkus ved navn "Superstar", berømt over hele Brasilien. Det var alt, hvad vi talte om i området. Nysgerrige medfødt programmerede de to søstre til at deltage i åbningen af showet, der var planlagt til netop denne aften.

I nærheden af tidsplanen var de to allerede klar til at gå ud efter en særlig middag til deres ugifte persons fest. Klædt på til gallafesten paraderede de begge samtidig, hvor de forlod huset og gik ind i garagen. Når de kommer ind i bilen, starter de med, at en af dem kommer ned og lukker garagen. Med tilbagevenden af det samme kan rejsen genoptages uden yderligere problemer.

Forlad distriktet Hellig Christopher, kør mod distriktet Boa Vista i den anden ende af byen, hovedstaden i baglandet med omkring firs tusind indbyggere. Når de går langs de stille veje, forbløffes de over arkitekturen, juledekorationen, folkets ånder, kirkerne, bjergene, de syntes at tale om, de duftende ordspil, der udveksles i medvirken, lyden af høj rock, den franske parfume, samtalerne om politik, forretning, samfund, fester, nordøstlig kultur og hemmeligheder. Under alle omstændigheder var de helt afslappede, ængstelige, nervøse såvel som koncentrerede.

Undervejs falder øjeblikkeligt en fin regn. Mod forventning åbner piger bilvinduerne og får små dråber vand til at smøre deres ansigter. Denne gestus viser deres enkelhed og ægthed, sande selvastrale mestre. Dette er den bedste mulighed for folk. Hvad er meningen med at fjerne fortidens fiaskoer, rastløshed og smerte? De ville ikke tage dem nogen steder. Derfor var de glade gennem deres valg. Selvom verden dømte dem, var de ligeglade, fordi de ejede deres skæbne. Tillykke med fødselsdagen til dem!

Omkring ti minutter ude er de allerede på parkeringspladsen knyttet til cirkusset. De lukker bilen, går et par meter ind i miljøets indre gård. For at komme tidligt sidder de på de første blegemidler. Mens du venter på showet, køber de popcorn, øl, dropper bullshit og tavse ordspil. Der var ikke noget bedre end at være i cirkus!

Fyrre minutter senere indledes showet. Blandt attraktionerne er sjove klovne, akrobater, trapezkunstnere, dødsglobe, tryllekunstnere, jonglører og et musikalsk show. I tre timer lever de magiske øjeblikke, sjove, distraherede, leger, forelsker sig, endelig lever. Med showets opløsning sørger de for at gå til omklædningsrummet og hilse på en af klovnene. Han havde udført stuntet med at muntre dem op, som om det aldrig var sket.

Oppe på scenen skal du have en linje. Tilfældigvis er de sidste, der går ind i omklædningsrummet. Der finder de en vansiret klovn, væk fra scenen.

"Vi kom her for at lykønske dig med dit fantastiske show. Der er en Guds gave i det! Han så Belinha.

"Dine ord og dine gestus har rystet min ånd. Jeg ved det ikke, men jeg bemærkede en tristhed i dine øjne. Har jeg ret?

"Tak begge for ordene. Hvad hedder du? Svarede klovnen.

"Mit navn er Amelinha!

"Mit navn er Belinha.

"Dejligt at møde dig. Du kan kalde mig Gilberto! Jeg har været igennem nok smerte i dette liv. En af dem var den nylige adskillelse fra min kone. Du må forstå, at det ikke er let at adskille sig fra din kone efter 20 års liv, ikke? Uanset hvad er jeg glad for at opfylde min kunst.

"Stakkels fyr! Undskyld! (Amelinha).

"Hvad kan vi gøre for at opmuntre ham? (Belinha).

"Jeg ved ikke hvordan. Efter min kones brud savner jeg hende så meget. (Gilberto).

"Vi kan ordne dette, kan vi ikke, søster? (Belinha).

"Selvfølgelig. Du er en flot mand. (Amelinha)

"Tak, piger. Du er vidunderlig. Udbrød Gilberto.

Uden at vente længere gik den hvide, høje, stærke, mørkøjede mandige afklædning, og damerne fulgte hans eksempel. Nøgen gik trioen ind i forspillet lige der på gulvet. Mere end en udveksling af følelser og bandeord, sex morede dem og opmuntrede dem. I disse korte øjeblikke følte de dele af en større kraft, Guds kærlighed. Gennem kærlighed nåede de den større ekstase, et menneske kunne opnå.

Når de er færdige med akten, klæder de sig ud og siger farvel. Det endnu et skridt og den konklusion, der kom, var, at mennesket var en vild ulv. En manisk klovn, du aldrig vil glemme. Ikke mere, de forlader cirkus og flytter til parkeringspladsen. De sætter sig ind i bilen og starter tilbage. De næste par dage blev lovet flere overraskelser.

Det andet daggry er kommet smukkere end nogensinde. Tidligt om morgenen er vores venner glade for at føle solens varme og brisen, der vandrer i deres ansigter. Disse kontraster forårsagede i det fysiske aspekt af det samme en god følelse af frihed, tilfredshed, tilfredshed og glæde. De var klar til at møde en ny dag.

Men de koncentrerer deres kræfter kulminerende med deres løft. Det næste skridt er at gå til suiten og gøre det med ekstrem løsdrift, som om de var af staten Bahia. Ikke for at skade vores kære naboer, selvfølgelig. Alle helgens land er et spektakulært sted fuld af kultur, historie og sekulære traditioner. Længe leve Bahia.

På badeværelset tager de deres tøj af ved den mærkelige følelse, at de ikke var alene. Hvem har nogensinde hørt om legenden om det blonde badeværelse? Efter et gyserfilmmaraton var det normalt at få problemer med det. I det efterfølgende øjeblik nikker de med hovedet og prøver at være mere stille. Pludselig kommer det til at tænke på hver af dem, deres politiske bane, deres borgerside, deres professionelle, religiøse side og deres seksuelle aspekt. De har det godt med at være ufuldkommene enheder. De var sikre på, at kvaliteter og mangler tilføjede deres personlighed.

Desuden låser de sig inde på badeværelset. Ved at åbne bruseren lader de det varme vand strømme gennem de svedige kroppe på grund af varmen natten før. Væske tjener som katalysator, der absorberer alle de triste ting. Det var præcis, hvad de havde brug for nu: at glemme smerten, traumet, skuffelserne, rastløsheden i forsøget på at finde nye forventninger. Det indeværende år var afgørende for dette. En fantastisk drejning i alle aspekter af livet.

Rengøringsprocessen indledes med brug af plantesvampe, sæbe, shampoo ud over vand. I øjeblikket føler de en af de bedste fornøjelser, som tvinger dig til at huske billetten på revet og eventyrene på stranden. Intuitivt beder deres vilde ånd om flere eventyr i det, de bliver, for at analysere, så snart de kan. Situationen begunstiget af fritiden opnået på begges arbejde som en præmie for dedikation til offentlig service.

I cirka 20 minutter lægger de lidt deres mål til side for at leve et reflekterende øjeblik i deres respektive intimitet. I slutningen af denne aktivitet kommer de ud af toilettet, tørrer den våde krop med håndklædet, bærer rent tøj og sko, bærer schweizisk parfume, importeret makeup fra Tyskland med virkelig flotte solbriller og tiaraer. Helt klar går de til koppen med deres punge på striben og hilser sig glade for genforeningen i tak til den gode Herre.

I samarbejde forbereder de en morgenmad af misundelse: couscous i kyllingesauce, grøntsager, frugt, kaffecreme og kiks. I lige dele er mad opdelt. De veksler mellem øjeblikke af stilhed med korte ordudvekslinger, fordi de var høflige. Færdig morgenmad, der er ingen flugt ud over hvad de havde til hensigt.

"Hvad foreslår du, Belinha? Jeg keder mig!

"Jeg har en klog idé. Kan du huske den person, vi mødte på den litterære festival?

"Jeg kan huske det. Han var forfatter, og hans navn var guddommeligt.

"Jeg har hans nummer. Hvad med at vi kontakter os? Jeg vil gerne vide, hvor han bor.

"Også mig. God idé. Gør det. Jeg vil elske det.

"Okay!

**Belinha åbnede sin pung, tog sin telefon og begyndte at ringe. Om et øjeblik svarer nogen på linjen, og samtalen starter.**

"Hej alle sammen.

"Hej, guddommelige. All right?

"Okay, Belinha. Hvordan går det?

"Vi klarer os fint. Se, er den invitation stadig tændt? Min søster og jeg vil gerne have et specielt show i aften.

"Selvfølgelig gør jeg det. Du vil ikke fortryde det. Her har vi save, rigelig natur, frisk luft ud over godt selskab. Jeg er også tilgængelig i dag.

"Hvor vidunderligt. Nå, vent på os ved indgangen til landsbyen. I de fleste 30 minutter er vi der.

"Det er ok. Vi ses!

"Vi ses senere!

Opkaldet afsluttes. Med et stemplet smil vender Belinha tilbage for at kommunikere med sin søster.

"Han sagde ja. Skal vi?

"Kom nu. Hvad venter vi på?

Begge paraderer fra koppen til udgangen af huset og lukker døren bag dem med en nøgle. Så flytter de til garagen. De kører den officielle familiebil og efterlader deres problemer og venter på nye overraskelser og følelser på verdens vigtigste land. Gennem byen, med en høj lyd på, holdt deres lille håb for sig selv. Det var alt værd i det øjeblik, indtil jeg tænkte på chancen for at være glad for evigt.

Med kort tid tager de højre side af motorvej BR 232. Så det starter kursets forløb til præstation og lykke. Med moderat hastighed kan de nyde bjerglandskabet ved bredden af banen. Selvom det var et kendt miljø, var hver passage der mere end en nyhed. Det var et genopdaget selv.

Passerer gennem steder, gårde, landsbyer, blå skyer, aske og roser, tør luft og varm temperatur går. I den programmerede tid kommer de til den mest historisk af indgangen til det brasilianske indland. Mimoso af obersterne, den psykiske, den ubesmittede undfangelse og mennesker med høj intellektuel kapacitet.

Da de stoppede ved indgangen til distriktet, ventede de din kære ven med det samme smil som altid. Et godt tegn for dem, der ledte efter eventyr. Når de kommer ud af bilen, går de for at møde den ædle kollega, der modtager dem med et kram, der bliver tredobbelt. Dette øjeblik ser ikke ud til at ende. De gentages allerede, de begynder at ændre første indtryk.

"Hvordan har du det, guddommelige? Spurgte Belinha.

"Godt, hvordan har du det? Svarede til den psykiske.

"Fantastisk! (Belinha).

"Bedre end nogensinde, suppleret Amelinha.

"Jeg har en rigtig god idé. Hvad med at vi går op ad Ororubá-bjerget? Det var der for præcis otte år siden, at min bane i litteraturen begyndte.

"Hvilken skønhed! Det vil være en ære! (Amelinha).

"Også for mig! Jeg elsker naturen. (Belinha).

"Så lad os gå nu. (Aldivan).

Den mystiske ven af de to søstre gik på gaden i centrum. Ned til højre, ind på et privat sted og gå omkring hundrede meter sætter dem i bunden af saven. De gør et hurtigt stop, så de kan hvile og hydrere. Hvordan var det at bestige bjerget efter alle disse eventyr? Følelsen var fred, samling, tvivl og tøven. Det var som om det var første gang med alle de udfordringer, skæbnen beskattede. Pludselig står venner over for den store forfatter med et smil.

"Hvordan startede det hele? Hvad betyder det for dig? (Belinha).

"I 2009 drejede mit liv sig om monotoni. Det, der holdt mig i live, var viljen til at eksternalisere, hvad jeg følte i verden. Det var da jeg hørte om dette bjerg og kræfterne i hans vidunderlige hule. Ingen vej ud, jeg besluttede at tage en chance på vegne af min drøm. Jeg pakkede min taske, besteg bjerget, udførte tre udfordringer, som jeg blev akkrediteret ind i fortvivlelsens grotte, den mest dødbringende, farlige grotte i verden. Inde i den har jeg overgået store udfordringer ved at slutte for at komme til salen. Det var i det øjeblik af ekstase, at miraklet skete, jeg blev den synske, et alvidende væsen gennem hans visioner. Indtil videre har der været tyve flere eventyr, og jeg stopper ikke så snart. Takket være læserne når jeg gradvist mit mål om at erobre verden.

"Spændende. Jeg er fan af jeres. (Amelinha).

"Rørende. Jeg ved, hvordan du må have det med at udføre denne opgave igen. (Belinha).

"Fremragende. Jeg føler en blanding af gode ting, herunder succes, tro, klo og optimisme. Det giver mig god energi, sagde clairvoyante.

"Godt. Hvilket råd giver du os?

"Lad os holde fokus. Er I klar til selv at finde ud af det bedre? (mesteren).

"Ja. De blev enige om begge dele.

"Så følg mig.

Trioen har genoptaget foretagendet. Solen varmer, vinden blæser lidt stærkere, fuglene flyver væk og synger, stenene og tornene synes at bevæge sig, jorden ryster og bjergstemmerne begynder at virke. Dette er miljøet præsenterer på savens klatring.

Med stor erfaring hjælper manden i hulen kvinder hele tiden. På denne måde satte han praktiske dyder ind, der er vigtige som solidaritet og samarbejde. Til gengæld lånte de ham en menneskelig varme og ulige dedikation. Vi kan sige, at det var den uoverstigelige, ustoppelige, kompetente trio.

Lidt efter lidt går de trin for trin op i lykkens trin. På trods af den betydelige præstation forbliver de utrættelige i deres søgen. I en efterfølger sænker de tempoet i turen lidt, men holder det stabilt. Som man siger, går langsomt langt væk.

Denne vished ledsager dem hele tiden og skaber et åndeligt spektrum af patienter, forsigtighed, tolerance og overvindelse. Med disse elementer havde de tro til at overvinde enhver modgang.

Det næste punkt, den hellige sten, afslutter en tredjedel af kurset. Der er en kort pause, og de nyder det for at bede, takke, reflektere og planlægge de næste skridt. I den rette målestok søgte de at tilfredsstille deres håb, deres frygt, deres smerte, tortur og sorg. For at have tro fylder en uudslettelig fred deres hjerter.

Med genstarten af rejsen vender usikkerheden, tvivlen og styrken af det uventede tilbage til handling. Selvom det kunne skræmme dem, bar de sikkerheden ved at være i Guds nærhed og den lille spire i indlandet. Intet eller nogen kunne skade dem, simpelthen fordi Gud ikke ville tillade det. De indså denne beskyttelse på hvert vanskeligt øjeblik i livet, hvor andre simpelthen forlod dem. Gud er faktisk vores eneste loyale ven.

Desuden er de halvvejs. Klatringen forbliver udført med mere dedikation og melodi. I modsætning til hvad der normalt sker med almindelige klatrere, hjælper rytme motivation, vilje og levering. Selvom de ikke var atleter, var det bemærkelsesværdigt for deres præstationer for at være sunde og engagerede unge.

Efter at have gennemført tre fjerdedele af ruten kommer forventningen til uudholdelige niveauer. Hvor længe skulle de vente? I dette øjeblik af pres var den bedste ting at gøre at forsøge at kontrollere nysgerrighedens momentum. Alt omhyggeligt skyldtes nu de modsatte styrkers handling.

Med lidt mere tid afslutter de endelig ruten. Solen skinner klarere, Guds lys lyser dem op og kommer ud af et spor, vogteren og hans søn Renato. Alt blev fuldstændig genfødt i hjertet af de dejlige små. De fortjente den nåde for at have arbejdet så hårdt. Det næste trin i den psykiske er at løbe ind i et tæt kram med sine velgørere. Hans kolleger følger ham og giver ham det femdobbelte kram.

" Godt at se dig, Guds søn! Jeg har ikke set dig i lang tid! Mit moderinstinkt advarede mig om din tilgang, sagde forfædre damen.

"Jeg er glad! Det er, som om jeg husker mit første eventyr. Der var så mange følelser. Bjerget, udfordringerne, hulen og tidsrejsen har præget min historie. At komme tilbage her bringer mig gode minder. Nu medbringer jeg to venlige krigere. De havde brug for dette møde med den hellige.

"Hvad hedder I, damer? Spurgte bjergets vogter.

"Mit navn er Belinha, og jeg er revisor.

"Mit navn er Amelinha, og jeg er lærer. Vi bor i Arcoverde.

"Velkommen, damer. (Vogter af bjerget.).

"Vi er taknemmelige! Sagde samtidig de to besøgende med tårer løbende gennem øjnene.

"Jeg elsker også nye venskaber. At være ved siden af min herre igen giver mig en særlig glæde fra de ubeskrivelige. De eneste, der ved, hvordan man forstår det, er os to. Er det ikke rigtigt, partner? (Renato).

"Du ændrer dig aldrig, Renato! Dine ord er uvurderlige. Med al min galskab var det at finde ham en af de gode ting i min skæbne.

Min ven og min bror svarede den psykiske uden at beregne ordene. De kom naturligt ud for den sande følelse, der nærede ham.

"Vi er korresponderet i samme mål. Derfor er vores historie en succes, sagde den unge mand.

"Hvor dejligt at være i denne historie. Jeg havde ingen idé om, hvor specielt bjerget var i sin bane, kære forfatter, sagde Amelinha.

"Han er virkelig beundringsværdig, søster. Desuden er dine venner virkelig dejlige. Vi lever den virkelige fiktion, og det er det mest vidunderlige, der findes. (Belinha).

"Vi sætter pris på komplimentet. Du skal dog være træt af den indsats, der anvendes på klatring. Hvad med at vi tager hjem? Vi har altid noget at byde på. (Madame).

"Vi har benyttet lejligheden til at indhente vores samtaler. Jeg savner Renato så meget.

"Jeg synes, det er fantastisk. Hvad angår damerne, hvad siger du?

"Jeg vil elske det. (Belinha).

"Det vil vi!

"Så lad os gå! Har afsluttet mesteren.

Kvintetten begynder at gå i den rækkefølge, som den fantastiske figur giver. Straks et koldt slag gennem klassens trætte skeletter. Hvem var den kvinde, og hvilke kræfter havde hun? På trods af så mange øjeblikke sammen forblev mysteriet låst som en dør til syv nøgler. De ville aldrig vide det, fordi det var en del af bjerghemmeligheden. Samtidig forblev deres hjerter i tågen. De var udmattede af at donere kærlighed og ikke modtage, tilgive og skuffe igen. Alligevel blev de enten vant til livets virkelighed, eller de ville lide meget. De havde derfor brug for nogle råd.

Trin for trin vil de komme over forhindringerne. Øjeblikkeligt hører de et foruroligende skrig. Med et blik beroliger chefen dem. Det var meningen med hierarkiet, mens de stærkeste og mest erfarne beskyttede, tjenerne vendte tilbage med hengivenhed, tilbedelse og venskab. Det gik begge veje.

Desværre vil de klare turen med stor og mildhed. Hvilken idé var gået gennem Belinha hoved? De var midt i busken sprængt af grimme dyr, der kunne skade dem. Bortset fra det var der torne og spidse sten på deres fødder. Da enhver situation har sit synspunkt, var det at være der den eneste chance for at forstå dig selv og dine ønsker, noget underskud i de besøgendes liv. Snart var det værd at eventyret.

Næste halvvejs der stopper de. Lige i nærheden var der en frugtplantage. De er på vej mod himlen. Med hentydning til bibelfortællingen følte de sig helt frie og integrerede i naturen. Ligesom børn leger de klatretræer, de tager frugterne, de kommer ned og spiser dem. Så mediterer de. De lærte, så snart livet er skabt af øjeblikke. Uanset om de er triste eller glade, er det godt at nyde dem, mens vi lever.

I det efterfølgende øjeblik tager de et forfriskende bad i søen vedhæftet. Denne kendsgerning fremkalder gode minder om en gang, om de mest bemærkelsesværdige oplevelser i deres liv. Hvor var det dejligt at være barn! Hvor svært det var at vokse op og møde voksenlivet. Lev med det falske, løgnen og den falske moral hos mennesker.

Når de går videre, nærmer de sig skæbnen. Nede til højre på stien kan du allerede se den enkle skovl. Det var helligdommen for de mest vidunderlige, mystiske mennesker på bjerget. De var vidunderlige, hvad beviser at en persons værdi ikke er i det, den besidder. Sjælens adel er i karakter, i velgørenhed og rådgivende holdninger. Så siger man: en ven på pladsen er bedre end penge deponeret i en bank.

Et par skridt fremad stopper de foran indgangen til kabinen. Vil de få svar på dine indre henvendelser? Kun tiden kunne besvare dette og andre spørgsmål. Det vigtige ved dette var, at de var der for alt, hvad der kommer og går.

Ved at tage værtindens rolle åbner værgen døren og giver alle andre adgang til indersiden af huset. De går ind i den tomme kabine og observerer alt bredt. De er imponerede over delikatessen på det sted, der er repræsenteret af udsmykningen, genstandene, møblerne og mysteriets klima. Modsat var der mere rigdom og kulturel mangfoldighed end i mange paladser. Så vi kan føle os glade og komplette selv i ydmyge omgivelser.

En efter en vil du slå dig ned på de tilgængelige steder, undtagen Renatos går i køkkenet for at forberede frokost. Det oprindelige klima af generthed er brudt.

"Jeg vil gerne kende jer bedre, piger.

"Vi er to piger fra Arcoverde City. Vi er glade professionelt, men tabere i kærlighed. Lige siden jeg blev forrådt af min gamle partner, har jeg været frustreret, indrømmede Belinha.

"Det var der, vi besluttede at komme tilbage til mændene. Vi lavede en pagt om at lokke dem og bruge dem som et objekt. Vi vil aldrig lide igen, sagde Amelinha.

"Jeg giver dem al min støtte. Jeg mødte dem i mængden, og nu er deres mulighed kommet for at besøge her. (Guds søn)

"Interessant. Dette er en naturlig reaktion på skuffelsernes lidelser. Det er dog ikke den bedste måde at blive fulgt på. At dømme en hel art efter en persons holdning er en klar fejltagelse. Hver har sin individualitet. Dit hellige og skamløse ansigt kan skabe mere konflikt og glæde. Det er op til dig at finde det rigtige punkt i denne historie. Hvad jeg kan gøre, er at støtte, som din ven gjorde, og blive medskyldig i denne historie, analyseret bjergets hellige ånd.

"Jeg tillader det. Jeg vil finde mig selv i denne helligdom. (Amelinha).

"Jeg accepterer også dit venskab. Hvem vidste, at jeg ville være med i en fantastisk sæbeopera? Myten om hulen og bjerget synes så nu. Kan jeg fremsætte et ønske? (Belinha).

"Selvfølgelig kære.

"Bjergvæsenerne kan høre anmodningerne fra de ydmyge drømmere, som det er sket for mig. Hav tro! (Guds søn).

"Jeg er så vantro. Men hvis du siger det, vil jeg prøve. Jeg beder om en vellykket afslutning for os alle. Lad hver enkelt af jer gå i opfyldelse på livets hovedområder.

"Jeg indrømmer det! torden dybt stemme midt i rummet.

Begge ludere har taget et spring til jorden. I mellemtiden lo og græd de andre over begges reaktion. Det faktum havde mere været en skæbnehandling. Sikke en overraskelse. Der var ingen, der kunne have forudsagt, hvad der skete på toppen af bjerget. Da en berømt indianer var død på stedet, havde fornemmelsen af virkeligheden efterladt plads til det overnaturlige, mysteriet og det usædvanlige.

"Hvad fanden var det for torden? Jeg ryster indtil videre, indrømmede Amelinha.

"Jeg hørte, hvad stemmen sagde. Hun bekræftede mit ønske. Drømmer jeg? Spurgte Belinha.

"Mirakler sker! Med tiden vil du vide præcis, hvad det betyder at sige dette, sagde mesteren.

"Jeg tror på bjerget, og du skal også tro på det. Gennem hendes mirakel forbliver jeg her overbevist og sikker på mine beslutninger. Hvis vi fejler en gang, kan vi starte forfra. Der er altid håb for de levende - forsikret shamanen af den synske, der viser et signal på taget.

"Et lys. Hvad betyder det? (Belinha).

"Det er så smukt og lyst. (Amelinha).

»Det er lyset i vores evige venskab. Selvom hun forsvinder fysisk, vil hun forblive intakt i vores hjerter. (Værge

"Vi er alle lette, men på fornemme måder. Vores skæbne er lykke. (Den psykiske).

Det er her, Renato kommer ind og kommer med et forslag.

"Det er på tide, at vi går ud og finder nogle venner. Tid til sjov er kommet.

"Det glæder jeg mig til. (Belinha)

"Hvad venter vi på? Det er på tide. (SKRIG)

Kvartetten går ud i skoven. Tempoet i trin er hurtigt, hvilket afslører en indre angst hos karaktererne. Mimoso landlige miljø bidrog til et skuespil af naturen. Hvilke udfordringer ville du stå over for? Ville de voldsomme dyr være farlige? Bjergmyterne kunne angribe når som helst, hvilket var ret farligt. Men mod var en kvalitet, som alle der bar. Intet vil stoppe deres lykke.

Tiden er inde. På aktivholdet var der en sort mand, Renato, og en lyshåret person. På det passive hold var Divine,

Belinha og Amelinha. Med holdet dannet, begynder det sjove blandt de grågrønne fra landets skove.

Den sorte fyr dater Divine. Renato dater Amelinha, og den blonde mand dater Belinha. Gruppesex starter ved udveksling af energi mellem de seks. De var alle for alle for en. Tørsten efter sex og nydelse var fælles for alle. Skiftende positioner, hver enkelt oplever unikke fornemmelser. De prøver analsex, vaginal sex, oralsex, gruppesex blandt andre sexmodaliteter. Det beviser, at kærlighed ikke er en synd. Det er en handel med grundlæggende energi til menneskelig udvikling. Uden skyld udveksler de hurtigt partner, hvilket giver flere orgasmer. Det er en blanding af ecstasy, der involverer gruppen. De bruger timer på at have sex, indtil de er trætte.

Når alt er afsluttet, vender de tilbage til deres oprindelige positioner. Der var stadig meget at opdage på bjerget.

## Tour i byen Pesqueira

Mandag morgen smukkere end nogensinde. Tidligt om morgenen får vores venner fornøjelsen af at føle solens varme og brisen, der vandrer i deres ansigter. Disse kontraster forårsagede i det fysiske aspekt af det samme en god følelse af frihed, tilfredshed, tilfredshed og glæde. De var klar til at møde en ny dag.

Ved nærmere eftertanke koncentrerer de deres kræfter, der kulminerer med deres løft. Det næste skridt er at gå til suiterne og gøre det med ekstrem løsdrift, som om de var fra staten Bahia. Ikke for at skade vores kære naboer, selvfølgelig. Alle helgens land er et spektakulært sted fuld af kultur, historie og sekulære traditioner. Længe leve Bahia!

På badeværelset tager de deres tøj af ved den mærkelige følelse, at de ikke var alene. Hvem har nogensinde hørt om legenden om det blonde badeværelse? Efter et gyserfilmmaraton var det normalt at få problemer med det. I det efterfølgende øjeblik nikker de med hovedet og prøver at være mere stille. Pludselig kommer det til at tænke på hver af dem deres politiske bane, deres borgerside, deres professionelle, religiøse side og deres seksuelle aspekt. De har det godt med at være ufuldkomne enheder. De var sikre på, at kvaliteter og mangler tilføjede deres personlighed.

De låser sig inde på badeværelset. Ved at åbne bruseren lader de det varme vand strømme gennem de svedige kroppe på grund af varmen natten før. Væske tjener som katalysator, der absorberer alle de triste ting. Det var præcis, hvad de havde brug for nu: glem smerten, traumet, skuffelserne, rastløsheden i forsøget på at finde nye forventninger. Det indeværende år havde været afgørende i det. En fantastisk drejning i alle aspekter af livet.

Rengøringsprocessen indledes med brug af kropsvisker, sæbe, shampoo ud over vand. I øjeblikket føler de en af de bedste fornøjelser, der tvinger dem til at huske passet på revet og eventyrene på stranden. Intuitivt beder deres vilde ånd om flere eventyr i det, de bliver, for at analysere, så snart de kan. Situationen begunstiget af fritiden opnået på begges arbejde som en præmie for dedikation til offentlig service.

I cirka 20 minutter lægger de lidt deres mål til side for at leve et reflekterende øjeblik i deres respektive intimitet. I slutningen af denne aktivitet kommer de ud af toilettet, tørrer den våde krop med håndklædet, bærer rent tøj og sko, bærer schweizisk parfume, importeret makeup fra Tyskland med virkelig flotte solbriller og tiaraer. Helt klar går de til koppen med deres punge på striben og hilser sig glade for genforeningen i tak til den gode Herre.

I samarbejde forbereder de en morgenmad med misundelse, kyllingesauce, grøntsager, frugt, kaffecreme og kiks. I lige dele er mad opdelt. De veksler mellem øjeblikke af stilhed med korte ordudvekslinger, fordi de var høflige. Færdig morgenmad, der er ingen flugt tilbage, end de havde til hensigt.

"Hvad foreslår du, Belinha? Jeg keder mig!

"Jeg har en klog idé. Kan du huske den fyr, vi fandt i mængden?

"Jeg kan huske det. Han var forfatter, og hans navn var guddommeligt.

"Jeg har hans telefonnummer. Hvad med at vi kontakter os? Jeg vil gerne vide, hvor han bor.

"Også mig. God idé. Gør det. Det vil jeg meget gerne.

"Okay!

Belinha åbnede sin pung, tog sin telefon og begyndte at ringe. Om et øjeblik svarer nogen på linjen, og samtalen starter.

"Hej alle sammen.

"Hej, guddommelige, hvordan har du det?

"Okay, Belinha. Hvordan går det?

"Vi klarer os fint. Se, er den invitation stadig tændt? Mig og min søster vil gerne have et specielt show i aften.

"Selvfølgelig gør jeg det. Du vil ikke fortryde det. Her har vi save, rigelig natur, frisk luft ud over godt selskab. Jeg er også tilgængelig i dag.

"Hvor vidunderligt! Vent derefter på os ved indgangen til landsbyen. I de fleste 30 minutter er vi der.

"Okay! Så indtil da!

"Vi ses senere!

Opkaldet afsluttes. Med et stemplet smil vender Belinha tilbage for at kommunikere med sin søster.

"Han sagde ja. Skal vi gå?

"Kom nu! Hvad venter vi på?

Begge paraderer fra koppen til udgangen af huset og lukker døren bag dem med en nøgle. Gå derefter til garagen. Pilotering af den officielle familiebil, efterlader deres problemer bag sig og venter på nye overraskelser og følelser på det vigtigste land i verden. Gennem byen, med en høj lyd på, holdt deres lille håb for sig selv. Det var alt værd i det øjeblik, indtil jeg tænkte på chancen for at være glad for evigt.

Med kort tid tager de højre side af motorvej BR 232. Så begynd kursets forløb til præstation og lykke. Med moderat hastighed kan de nyde bjerglandskabet ved bredden af banen. Selvom det var et kendt miljø, var hver passage der mere end en nyhed. Det var et genopdaget selv.

Passerer gennem steder, gårde, landsbyer, blå skyer, aske og roser, tør luft og varm temperatur går. I den programmerede tid kommer de til den mest historisk af indgangen til det indre af staten Pernambuco. Mimoso af obersterne, den psykiske, den ubesmittede undfangelse og mennesker med høj intellektuel kapacitet.

Da du stoppede ved indgangen til distriktet, forventede du din kære ven med det samme smil som altid. Et godt tegn for dem, der ledte efter eventyr. Gå ud af bilen, gå for at møde den ædle kollega, der modtager dem med et kram, der bliver tredobbelt. Dette øjeblik ser ikke ud til at ende. De gentages allerede, de begynder at ændre første indtryk.

"Hvordan har du det, guddommelige? (Belinha)

"Nå, hvad med dig? (Den psykiske)

"Fantastisk! (Belinha)

"Bedre end nogensinde" (Amelinha)

"Jeg har en god idé, hvad med at vi går op ad Ororubá-bjerget? Det var der for præcis otte år siden, at min bane i litteraturen begyndte.

"Hvilken skønhed! Det vil være en ære! (Amelinha)

"Også for mig! Jeg elsker naturen! (Belinha)

"Så lad os gå nu! (Aldivan)

Den mystiske ven af de to søstre skrev under for at følge ham og avancerede på gaderne i centrum. Ned til højre, ind på et privat sted og gå omkring hundrede meter sætter dem i bunden af saven. De gør et hurtigt stop for at hvile og hydrere. Hvordan var det at bestige bjerget efter alle disse eventyr? Følelsen var fred, samling, tvivl og tøven. Det var som om det var første gang med alle de udfordringer, skæbnen beskattede. Pludselig står venner over for den store forfatter med et smil.

"Hvordan startede det hele? Hvad betyder det for dig? (Belinha)

"I 2009 drejede mit liv sig om monotoni. Det, der holdt mig i live, var viljen til at eksternalisere, hvad jeg følte i verden.

Det var da jeg hørte om dette bjerg og kræfterne i hans vidunderlige hule. Ingen vej ud, jeg besluttede at tage en chance på vegne af min drøm. Jeg pakkede min taske, klatrede op ad bjerget, udførte tre udfordringer, som jeg blev legitimeret ind i fortvivlelsens grotte, den mest dødbringende, farlige grotte i verden. Inde i den har jeg overgået store udfordringer ved at slutte for at komme til salen. Det var i det øjeblik af ekstase, at miraklet skete, jeg blev den synske, et alvidende væsen gennem hans visioner. Indtil videre har der været tyve flere eventyr, og jeg har ikke til hensigt at stoppe så snart. Med hjælp fra læserne får jeg lidt mit mål om at erobre verden. (Guds søn)

"Spændende! Jeg er fan af jeres. (Amelinha)

" Jeg ved, hvordan du må have det med at udføre denne opgave igen. (Belinha)

"Meget godt! Jeg føler en blanding af gode ting, herunder succes, tro, klo og optimisme. Det giver mig god energi. (Den psykiske)

"Godt! Hvilket råd giver du os? (Belinha)

"Lad os holde fokus. Er I klar til selv at finde ud af det bedre? (skibsføreren)

"Ja! De blev enige om begge dele.

"Så følg mig!

Trioen har genoptaget foretagendet. Solen varmer, vinden blæser lidt stærkere, fuglene flyver væk og synger, stenene og tornene synes at bevæge sig, jorden ryster og bjergstemmerne begynder at virke. Dette er miljøet præsenterer på savens klatring.

Med stor erfaring hjælper manden i hulen kvinder hele tiden. På denne måde satte han praktiske dyder ind, der er vigtige som solidaritet og samarbejde. Til gengæld lånte de ham en menneskelig varme og ulige dedikation. Vi kan sige, at det var den uoverstigelige, ustoppelige, kompetente trio.

Lidt efter lidt går de trin for trin op i lykkens trin. Med dedikation og vedholdenhed overhaler de det højere træ, fuldfører en fjerdedel af vejen. På trods af den betydelige præstation forbliver de utrættelige i deres søgen. Det var de, fordi der var tillykke.

I en efterfølger skal du sænke tempoet i turen lidt, men holde det stabilt. Som man siger, går langsomt langt væk. Denne vished ledsager dem hele tiden og skaber et åndeligt spektrum af tålmodighed, forsigtighed, tolerance og overvindelse. Med disse elementer havde de tro til at overvinde enhver modgang.

Næste punkt afslutter den hellige sten en tredjedel af kurset. Der er en kort pause, og de nyder det for at bede, takke, reflektere og planlægge de næste skridt. I den rette målestok søgte de at tilfredsstille deres håb, deres frygt, deres smerte, tortur og sorg. For at have tro fylder en uudslettelig fred deres hjerter.

Med genstarten af rejsen vender usikkerheden, tvivlen og styrken af det uventede tilbage til handling. Selvom det kunne skræmme dem, bar de sikkerheden ved at være i nærværelse af Guds lille spire i det indre. Intet eller nogen kunne skade dem, simpelthen fordi Gud ikke ville tillade det. De indså denne beskyttelse på hvert vanskeligt øjeblik i livet, hvor andre simpelthen forlod dem. Gud er faktisk vores eneste sande og loyale ven.

– PERVERSE SØSTRE

Desuden er de halvvejs. Klatringen forbliver udført med mere dedikation og melodi. I modsætning til hvad der normalt sker med almindelige klatrere, hjælper rytme motivation, vilje og levering. Selvom de ikke var atleter, var det bemærkelsesværdigt, at de var sunde og engagerede unge.

Fra tredje kvartals kursus kommer forventningen til uudholdelige niveauer. Hvor længe skulle de vente? I dette øjeblik af pres var den bedste ting at gøre at forsøge at kontrollere nysgerrighedens momentum. Alt omhyggeligt skyldtes nu de modsatte styrkers handling.

Med lidt mere tid afslutter de endelig kurset. Solen skinner klarere, Guds lys lyser dem op og kommer ud af et spor, vogteren og hans søn Renato. Alt blev fuldstændig genfødt i hjertet af de dejlige små. De har fortjent denne nåde gennem afgrøde-planteloven. Det næste trin i den psykiske er at løbe ind i et tæt kram med sine velgørere. Hans kolleger følger ham og giver ham det femdobbelte kram.

"Godt at se dig, Guds søn! Lang tid ingen ser! Mit moderinstinkt advarede mig om din tilgang, forfædrenes dame.

Jeg er glad! Det er, som om jeg husker mit første eventyr. Der var så mange følelser. Bjerget, udfordringerne, hulen og tidsrejsen har præget min historie. At komme tilbage her bringer mig gode minder. Nu medbringer jeg to venlige krigere. De havde brug for dette møde med den hellige.

"Hvad hedder I, damer? (Målmanden)

"Mit navn er Belinha, og jeg er revisor.

"Mit navn er Amelinha, og jeg er lærer. Vi bor i Arcoverde.

"Velkommen, damer. (Målmanden)

"Vi er taknemmelige! sagde de to besøgende samtidig, med tårer løbende gennem øjnene.

"Jeg elsker også nye venskaber. At være ved siden af min herre igen giver mig en særlig glæde fra de ubeskrivelige. Kun folk, der ved, hvordan man forstår det, er os to. Er det ikke rigtigt, partner? (Renato)

"Du ændrer dig aldrig, Renato! Dine ord er uvurderlige. Med al min galskab var det at finde ham en af de gode ting i min skæbne. Min ven og min bror. (Den psykiske).

De kom naturligt ud for den sande følelse, der nærede ham.

"Vi bliver matchet i samme omfang. Derfor er vores historie en succes, "sagde den unge mand.

"Det er godt at være en del af denne historie. Jeg vidste ikke engang, hvor specielt bjerget var i sin bane, kære forfatter "sagde Amelinha.

"Han er virkelig beundringsværdig, søster. Desuden er dine venner meget venlige. Vi lever ægte fiktion, og det er det mest vidunderlige, der findes. (Belinha)

"Vi takker for komplimentet. Ikke desto mindre må de være trætte af den indsats, der anvendes i klatring. Hvad med at vi tager hjem? Vi har altid noget at byde på. (Madame)

"Vi tog chancen for at indhente samtaler. Jeg savner dig meget, "tilstod Renato.

"Det er fint med mig. Det er fantastisk med hensyn til damerne, hvad siger de til mig?

"Jeg vil elske det! " Belinha hævdede.

»Ja, lad os gå,« indvilligede Amelinha.

"Så lad os gå! " Skibsføreren konkluderede.

## – PERVERSE SØSTRE

Kvintetten begynder at gå i rækkefølge givet af den fantastiske figur. Lige nu blæser et koldt slag gennem klassens trætte skeletter. Hvem var den kvinde, hvem var hun, der havde kræfter? På trods af så mange øjeblikke sammen forblev mysteriet låst som en dør til syv nøgler. De ville aldrig vide det, fordi det var en del af bjerghemmeligheden. Samtidig forblev deres hjerter i tågen. De var udmattede af at donere kærlighed og ikke modtage, tilgive og skuffe igen. Alligevel blev de enten vant til livets virkelighed, eller de ville lide meget. De havde derfor brug for nogle råd.

Trin for trin kommer du over forhindringerne. I et øjeblik hører de et foruroligende skrig. Med et blik beroliger chefen dem. Det var meningen med hierarkiet, mens de stærkeste og mere erfarne beskyttede, tjenerne vendte tilbage med hengivenhed, tilbedelse og venskab. Det gik begge veje.

Desværre vil de klare turen med stor og mildhed. Hvad var ideen, der var gået gennem Belinha hoved? De var midt i busken sprængt af grimme dyr, der kunne skade dem. Bortset fra det var der torne og spidse sten på deres fødder. Da enhver situation har sit synspunkt, var det at være der den eneste chance for, at du kunne forstå dig selv og dine ønsker, noget underskud i de besøgendes liv. Snart var det værd at eventyret.

Næste halvvejs der stopper de. Lige i nærheden var der en frugtplantage. De er på vej mod himlen. Med hentydning til bibelfortællingen følte de sig komplementære frie og integrerede i naturen. Ligesom børn leger de klatretræer, de tager frugterne, de kommer ned og spiser dem. Så mediterer de. De lærte, så snart livet er skabt af øjeblikke. Uanset om de er triste eller glade, er det godt at nyde dem, mens vi lever.

I det efterfølgende øjeblik tager de et forfriskende bad i søen vedhæftet. Denne kendsgerning fremkalder gode minder om en gang, om de mest bemærkelsesværdige oplevelser i deres liv. Hvor var det dejligt at være barn! Hvor svært det var at vokse op og møde voksenlivet. Lev med det falske, løgnen og den falske moral hos mennesker.

Når de går videre, nærmer de sig skæbnen. Nede til højre på stien kan du allerede se den enkle skovl. Det var helligdommen for de mest vidunderlige, mystiske mennesker på bjerget. De var forbløffende, hvad der beviser, at en persons værdi ikke er i det, den besidder. Sjælens adel er i karakter, i velgørende organisationers og rådgivnings holdninger. Derfor siger de følgende ordsprog, bedre end ven på pladsen er værd end penge deponeret i en bank.

Et par skridt fremad stopper de foran indgangen til kabinen. Fik de svar på deres indre henvendelser? Kun tiden kunne besvare dette og andre spørgsmål. Det vigtige ved dette var, at de var der for alt, hvad der kommer og går.

Ved at tage værtindens rolle åbner værgen døren og giver alle andre adgang til indersiden af huset. De går ind i den unikke forgæves kabine ved at se alt i den store enhed. De er imponerede over delikatessen på det sted, der er repræsenteret af udsmykningen, genstandene, møblerne og mysteriets klima. Modsigende, på dette sted var der mere rigdom og kulturel mangfoldighed end i mange paladser. Så vi kan føle os glade og komplette selv i ydmyge omgivelser.

En efter en vil du slå dig ned på de tilgængelige steder, undtagen Renatos køkken, forberede frokost. Det oprindelige klima af generthed er brudt.

"Jeg vil gerne kende jer bedre, piger. (Værgen)

"Vi er to piger fra Arcoverde City. Begge bosatte sig i erhvervet, men tabere i kærlighed. Lige siden jeg blev forrådt af min gamle partner, har jeg været frustreret, indrømmede Belinha.

"Det var der, vi besluttede at komme tilbage til mændene. Vi lavede en pagt om at lokke dem og bruge dem som et objekt. Vi vil aldrig lide igen. (Amelinha)

"Jeg vil støtte dem alle. Jeg mødte dem i mængden, og nu kom de for at besøge os her, og det tvang spiren i det indre.

"Interessant. Dette er en naturlig reaktion på de lidende skuffelser. Det er dog ikke den bedste måde at blive fulgt på. At dømme en hel art efter en persons holdning er en klar fejltagelse. Hver har sin egen individualitet. Dit hellige og skamløse ansigt kan skabe mere konflikt og glæde. Det er op til dig at finde det rigtige punkt i denne historie. Hvad jeg kan gøre, er at støtte, som din ven gjorde, og blive medskyldig i denne historie, analyseret bjergets hellige ånd.

"Jeg tillader det. Jeg vil finde mig selv i denne helligdom. (Amelinha)

"Jeg accepterer også dit venskab. Hvem vidste, at jeg ville være med i en fantastisk sæbeopera? Myten om hulen og bjerget synes så nu. Kan jeg fremsætte et ønske? (Belinha)

"Selvfølgelig kære.

"Bjergvæsenerne kan høre anmodningerne fra de ydmyge drømmere, som det er sket for mig. Hav tro! har motiveret Guds søn.

"Jeg er så vantro. Men hvis du siger det, vil jeg prøve. Jeg beder om en vellykket afslutning for os alle. Lad hver enkelt af jer gå i opfyldelse på livets hovedområder. (Belinha)

"Jeg indrømmer det! " Torden en dyb stemme midt i rummet".

Begge ludere har taget et spring til jorden. I mellemtiden lo og græd de andre over begges reaktion. Det faktum havde mere været en skæbnehandling. Sikke en overraskelse! Der var ingen, der kunne have forudsagt, hvad der skete på toppen af bjerget. Da en berømt indianer var død på stedet, havde fornemmelsen af virkeligheden efterladt plads til det overnaturlige, mysteriet og det usædvanlige.

"Hvad fanden var det for torden? Jeg ryster indtil videre. (Amelinha)

"Jeg hørte, hvad stemmen sagde. Hun bekræftede mit ønske. Drømmer jeg? (Belinha)

"Mirakler sker! Med tiden vil du vide præcis, hvad det betyder at sige dette. "Svælgede mesteren".

"Jeg tror på bjerget, og du skal også tro. Gennem hendes mirakel forbliver jeg her overbevist og sikker på mine beslutninger. Hvis vi fejler en gang, kan vi starte forfra. Der er altid håb for de levende. "Forsikrede shamanen om den synske, der viste et signal på taget".

"Et lys. Hvad betyder det? i tårer, Belinha.

"Hun er så smuk, lys og talt. (Amelinha)

»Det er lyset i vores evige venskab. Selvom hun forsvinder fysisk, vil hun forblive intakt i vores hjerter. (Værge)

"Vi er alle lette, men på fornemme måder. Vores skæbne er lykke - bekræfter den psykiske.

Det er her, Renato kommer ind og kommer med et forslag.

"Det er på tide, at vi går ud og finder nogle venner. Tid til sjov er kommet.

"Det glæder jeg mig til. (Belinha)

"Hvad venter vi på? Det er på tide. (Amelinha)

Kvartetten går ud i skoven. Tempoet i trin er hurtigt, hvilket afslører en indre angst hos karaktererne. Mimoso landlige miljø bidrog til et skuespil af naturen. Hvilke udfordringer ville du stå over for? Ville de voldsomme dyr være farlige? Bjergmyterne kunne angribe når som helst, hvilket var ret farligt. Men mod var en kvalitet, som alle der bar. Intet ville stoppe deres lykke.

Tiden er inde. På aktivholdet var der en sort mand, Renato, og en lyshåret person. På det passive hold var Divine, Belinha og Amelia. Holdet dannede; Det sjove begynder blandt de grågrønne fra landskoven.

Sort fyr dater guddommelig. Renato dater Amelia og blondinen dater Belinha. Gruppesex starter ved udveksling af energi mellem de seks. De var alle for alle for en. Tørsten efter sex og nydelse var fælles for alle. Varierende positioner, hver enkelt oplever unikke fornemmelser. De prøver analsex, vaginal sex, oralsex, gruppesex blandt andre sexmodaliteter. Det beviser, at kærlighed ikke er en synd. Det er en handel med grundlæggende energi til menneskelig udvikling. Uden skyldfølelser udveksler de hurtigt partner, hvilket giver flere orgasmer. Det er en blanding af ecstasy, der involverer gruppen. De bruger timer på at have sex, indtil de er trætte.

Når alt er afsluttet, vender de tilbage til deres oprindelige positioner. Der var stadig meget at opdage på bjerget.

Slut

www.ingramcontent.com/pod-product-compliance
Lightning Source LLC
LaVergne TN
LVHW012128070526
838202LV00056B/5913